JEUNESSE

Collection dirigée par
Anne-Marie Villeneuve

Gilles Tibo

Illustrateur depuis plus de vingt ans, Gilles Tibo est reconnu pour ses superbes albums, dont ceux de la série *Simon*. Enthousiasmé par l'aventure de l'écriture, il a créé d'autres personnages. Il s'est laissé charmer par ces nouveaux héros qui prenaient vie, page après page. Pour notre plus grand bonheur, l'aventure de Noémie est devenue son premier roman.

Louise-Andrée Laliberté

Quand elle était petite, pour s'amuser, Louise-Andrée Laliberté inventait toutes sortes d'histoires pour décrire ses gribouillis maladroits. Maintenant qu'elle a grandi, les images qu'elle crée racontent elles-mêmes toutes sortes d'histoires. Louise-Andrée crée avec bonne humeur des images, des décors ou des costumes pour les musées et les compagnies de publicité ou de théâtre. Tant au Canada qu'aux États-Unis, ses illustrations ajoutent de la vie aux livres spécialisés et de la couleur aux ouvrages scolaires ou littéraires. Elle illustre pour vous la série *Noémie*.

Série Noémie

Noémie a sept ans et trois quarts. Avec Madame Lumbago, sa vieille gardienne qui est aussi sa voisine et sa complice, elle apprend à grandir. Au cours d'événements pleins de rebondissements et de mille péripéties, elle découvre la tendresse, la complicité, l'amitié, la persévérance et la mort aussi. Coup de cœur garanti !

Noémie
L'Incroyable
Journée

Du même auteur chez Québec Amérique

Jeunesse

SÉRIE PETIT BONHOMME

Les mots du Petit Bonhomme, album, 2002.
Les musiques du Petit Bonhomme, album, 2002.
Les chiffres du Petit Bonhomme, album, 2003.
Les images du Petit Bonhomme, album, 2003.
Le corps du Petit Bonhomme, album, 2005.

SÉRIE PETIT GÉANT

Les Cauchemars du petit géant, coll. Mini-Bilbo, 1997.
L'Hiver du petit géant, coll. Mini-Bilbo, 1997.
La Fusée du petit géant, coll. Mini-Bilbo, 1998.
Les Voyages du petit géant, coll. Mini-Bilbo, 1998.
La Planète du petit géant, coll. Mini-Bilbo, 1999.
La Nuit blanche du petit géant, coll. Mini-Bilbo, 2000.
L'Orage du petit géant, coll. Mini-Bilbo, 2001.
Le Camping du petit géant, coll. Mini-Bilbo, 2002.
Les Animaux du petit géant, coll. Mini-Bilbo, 2003.
Le Petit Géant somnambule, coll. Mini-Bilbo, 2004.
Le Grand Ménage du petit géant, coll. Mini-Bilbo, 2005.
Le Dernier Cauchemar du petit géant, coll. Mini-Bilbo, 2007.

SÉRIE NOÉMIE

Noémie 1 - Le Secret de Madame Lumbago, coll. Bilbo, 1996.
   • **Prix du Gouverneur général du Canada 1996**
Noémie 2 - L'Incroyable Journée, coll. Bilbo, 1996.
Noémie 3 - La Clé de l'énigme, coll. Bilbo, 1997.
Noémie 4 - Les Sept Vérités, coll. Bilbo, 1997.
Noémie 5 - Albert aux grandes oreilles, coll. Bilbo, 1998.
Noémie 6 - Le Château de glace, coll. Bilbo, 1998.
Noémie 7 - Le Jardin zoologique, coll. Bilbo, 1999.
Noémie 8 - La Nuit des horreurs, coll. Bilbo, 1999.
Noémie 9 - Adieu, grand-maman, coll. Bilbo, 2000.
Noémie 10 - La Boîte mystérieuse, coll. Bilbo, 2000.
Noémie 11 - Les Souliers magiques, coll. Bilbo, 2001.
Noémie 12 - La Cage perdue, coll. Bilbo, 2002.
Noémie 13 - Vendredi 13, coll. Bilbo, 2003.
Noémie 14 - Le Voleur de grand-mère, coll. Bilbo, 2004.
Noémie 15 - Le Grand Amour, coll. Bilbo, 2005.
Noémie 16 - Grand-maman fantôme, coll. Bilbo, 2006.
Noémie 17 - Bonheur à vendre, coll. Bilbo, 2007.

La Nuit rouge, coll. Titan, 1998.

Ma meilleure amie, album, 2007.

Adulte

Le Mangeur de pierres, coll. Littérature d'Amérique, 2001.
Les Parfums d'Élisabeth, coll. Littérature d'Amérique, 2002.

Noémie
L'Incroyable
Journée

GILLES TIBO

ILLUSTRATIONS : LOUISE-ANDRÉE LALIBERTÉ

QUÉBEC AMÉRIQUE Jeunesse

Catalogage avant publication de Bibliothèque et Archives nationales
du Québec et Bibliothèque et Archives Canada

Tibo, Gilles
Noémie, L'Incroyable Journée
(Bilbo-jeunesse ; 68)
ISBN 10 : 2-89037-707-5
ISBN 13 : 978-2-89037-707-3
I. Titre. II. Collection.
PS8589.I26I52   1996   jC843'.54   C96-940511-X
PS9589.I26I52   1996
PZ23.T52In   1996

Conseil des Arts   Canada Council
du Canada   for the Arts

Nous reconnaissons l'aide financière du gouvernement du Canada
par l'entremise du Programme d'aide au développement de l'industrie
de l'édition (PADIÉ) pour nos activités d'édition.

Gouvernement du Québec – Programme de crédit d'impôt pour
l'édition de livres – Gestion SODEC.

Les Éditions Québec Amérique bénéficient du programme de subvention
globale du Conseil des Arts du Canada. Elles tiennent également à
remercier la SODEC pour son appui financier.

L'auteur remercie le Conseil des Arts du Canada pour son soutien financier.

Québec Amérique
329, rue de la Commune Ouest, 3ᵉ étage
Montréal (Québec) H2Y 2E1
Téléphone : 514 499-3000, télécopieur : 514 499-3010

Dépôt légal : 1ᵉʳ trimestre 1999
Bibliothèque nationale du Québec
Bibliothèque nationale du Canada

Révision linguistique : Michèle Marineau
Mise en pages : Andréa Joseph [PAGEXPRESS]
Conception graphique : Caroline Fortin
Réimpression : novembre 2007

Imprimé au Canada

Pour Louise Cormier,
la meilleure gardienne… de maison

-1-

Le trésor

TRA... LA... LA... LA... LA...
Voilà le plus beau jour de
toute ma vie! J'ai enfin
trouvé le trésor de Madame
Lumbago! Je crie de toutes mes
forces pour voir si je ne rêve
pas :

— J'AI DÉCOUVERT LE TRÉ-
SOR DE MADAME LUMBAGO!
J'AI DÉCOUVERT LE TRÉSOR
DE MADAME LUMBAGO!

Je saute et tourbillonne.
Tralalala... Le trésor se cachait
dans les murs de l'appartement!
Tralalalala! J'ai percé le plâtre et
des milliers de pièces de monnaie ont roulé sur le plancher...

Youppi et hop et hop là là! Mon cœur badaboume boume boume à toute vitesse! Je veux sortir de la maison. Entrer dans les magasins! Acheter des bonbons à ceux que j'aime. En acheter au monde entier!

Et ce n'est pas tout!

J'achèterai une douzaine de chats, des hamsters, des tortues, des poissons rouges!

Et ce n'est pas tout!

J'achèterai des girafes, des éléphants, des hippopotames, des singes!

Et ce n'est pas tout!

J'achèterai des automobiles, des bateaux de pirates, des fusées pour faire un feu d'artifice sur la lune, des galaxies complètes remplies de crème fouettée... En attendant, je traverse l'appartement. Je bondis comme un kangourou, CLING...

CLING... Les murs en tremblent...

Madame Lumbago, immobile dans le corridor, me fixe avec ses petits yeux pleins d'eau. Nos regards se croisent. En une fraction de seconde, CLAC! Je reviens à la dure réalité de la vie, comme on dit dans les films!

Je reste debout, figée comme une statue devant Madame Lumbago. Le cœur me galope dans la poitrine. En reprenant mon souffle, j'entends au fond de ma tête une petite voix qui chuchote :

— J'ai découvert le trésor... d'accord... mais... que fait-on maintenant?

-2-
La montagne
de monnaie

Immobiles toutes les deux dans le corridor, Madame Lumbago et moi, nous nous regardons pendant un long moment, puis je me lance dans ses bras en disant :

— Excusez-moi, madame Lumbago. Je... Je n'ai pas fait exprès...

— Ne t'inquiète pas, ma petite Noémie d'amour. Ça devait arriver un jour ou l'autre...

Elle me serre tellement fort que son cœur bat dans ma tête. Nous restons, toutes les deux, collées l'une contre l'autre. Et tout à coup, il se passe quelque chose d'extraordinaire. Sans nous consulter, sans même nous regarder, nous nous séparons lentement et, comme si nos cerveaux communiquaient par un fil invisible, nous commençons à faire plein de choses qui se ressemblent.

Madame Lumbago verrouille la porte d'en avant, moi, celle de la galerie d'en arrière. Nous fermons une à une toutes les fenêtres de la maison. Nous décrochons le téléphone et enfermons le chat dans une chambre parce qu'il glisse en courant sur les pièces de monnaie.

Ensuite, avec un balai et un porte-poussière, nous balayons et regroupons toutes les pièces de monnaie qui avaient roulé un peu partout. Ça fait une grosse montagne! Il y en a sûrement pour plusieurs millions de dollars!

Madame Lumbago semble découragée. Moi, je suis surexcitée et contente de le voir enfin, ce foutu trésor. C'est très impressionnant à regarder, même si ce n'est pas de l'or ou des pierres précieuses.

— Mon Dieu Seigneur! murmure Madame Lumbago... Il faut faire quelque chose... On ne peut pas laisser tout cet argent traîner dans le corridor!

— Vous avez raison!

Je rentre mon bras à l'intérieur du mur pour le vider. J'espère découvrir un collier de perles ou des bijoux, mais il n'y a que de la monnaie et encore de la monnaie et toujours de la monnaie.

Tout à coup, le bout de mes doigts touche quelque chose

qui ressemble à une tige de métal. Mon cœur bondit dans ma poitrine, je crie :

— Madame Lumbago! Madame Lumbago! J'ai trouvé quelque chose, vite! venez m'aider!

-3-

Le premier indice

Madame Lumbago tente de glisser son bras dans le mur. L'ouverture est trop petite, elle s'écorche la peau. Je ne lui laisse même pas le temps de réagir. Je donne quelques petits coups de marteau sur le plâtre pour agrandir le trou et j'y entre le bras au complet.

Comme si j'avais des yeux au bout des doigts, ma main cherche, fouille, tâtonne. Je touche à de la monnaie, à un morceau de plâtre, et soudain mon cœur veut exploser. Je ferme la main sur une tige de métal froid. Je tire lentement. La tige se dégage, elle semble retenue à quelque chose!

Finalement, j'extrais du mur un petit miroir cerclé d'or. Un petit miroir qui semble très vieux. Sur le bout du manche brille une pierre précieuse de couleur rouge.

Je replonge ma main dans le mur. Je continue à fouiller et à fouiller et ne réussis à en sortir que de la monnaie, rien que de la monnaie et toujours de la monnaie. À la fin, il ne reste plus rien à l'intérieur de cette partie du mur, je le jure!

-4-

Le curieux miroir

Drôle de trésor... Un petit miroir avec une vieille glace toute croche. Je me regarde dedans et, malgré moi, je crie :

— AAAAH!

La glace égratignée fait comme un miroir déformant et l'image que je vois, c'est moi, Noémie, mais vieillie de cinquante ans!

J'ai tellement peur que je laisse tomber le miroir par terre.

Madame Lumbago le ramasse. Elle se regarde dans le miroir et lâche un cri elle aussi.

— C'est incroyable, dit-elle en souriant et en replaçant des mèches de cheveux gris. Je me revois lorsque j'étais toute jeune!

Pendant plusieurs minutes, nous échangeons le curieux miroir et chaque fois, j'ai la même surprise qui me donne des frissons. Dans le miroir déformant, je vois ma figure toute plissée comme une vieille pomme. Lorsque je déplace le miroir, les rides se promènent sur ma peau. J'en tremble! Je n'en reviens pas!

Madame Lumbago, au contraire, se voit avec cinquante ans de moins et elle dit :

— Eh bien... mon Dieu Seigneur! je ne pensais jamais me revoir comme ça, aussi belle et aussi jeune!

Pendant qu'elle s'admire, je remarque une inscription gravée à la main à l'envers du miroir :

CÉ AS OJT E URE - L DN LBE D GER
OVE 2 EI 1 CFR - UR 1 PTT 2 OFE
PR OS HFRS DIINÉ - A TU CIFE ADTONS
À A RCE ASE - L POH CIS

Alors là, nous nageons en plein mystère. Nous ne comprenons rien à ce charabia. Cela ressemble à un code secret, mais ça veut dire quoi? Et en quelle langue?

Pendant que je réfléchis, Madame Lumbago s'observe dans le miroir en répétant :

— Quelle histoire! Mon Dieu quelle histoire! Je savais qu'il y avait de l'argent caché dans les murs. Mais un miroir... Et pourquoi un miroir comme celui-là?

Puis elle l'enfonce dans la poche de son tablier en disant :

— Bon, maintenant, passons aux choses sérieuses.

-5-

Les choses
sérieuses

Facile à dire, les choses
sérieuses. Madame Lumbago
et moi, nous sommes com-
plètement dépassées par les
événements.

Je me pose toutes sortes de
questions. S'il y avait un miroir
dans cette partie du mur, alors
qu'y a-t-il dans les autres murs
de la maison? Je voudrais bien
le savoir et je jure que je le
saurai, ou bien je ne m'appelle
pas Noémie... Quelque chose.

Mais en attendant, il faut
compter et ramasser le plus
rapidement possible toutes les
pièces de monnaie, et Madame

Lumbago n'est pas très bonne en chiffres. Elle compte plus lentement qu'une tortue. Toute seule, elle ne finira jamais, et moi non plus d'ailleurs!

Tout à coup DRING! DRING! On sonne à la porte. Madame Lumbago et moi sursautons.

-6-
On sonne
à la porte

Nous restons figées sur place. La sonnette de la porte d'entrée sonne une troisième fois avec insistance. Nous ne savons plus quoi faire. Le corridor est rempli de monnaie. Ouvrir la porte à quelqu'un serait comme signer notre arrêt de mort!

Madame Lumbago s'approche lentement de l'entrée et soulève un coin du rideau. Elle dit :

— Ho! mon Dieu Seigneur!

DRING! La sonnette résonne encore une fois et puis BANG BANG BANG! On cogne très fort. Je murmure :

— Non, mais il ne comprend pas qu'on ne veut pas répondre! Pourquoi insister comme ça?

Madame Lumbago chuchote :

— C'est le petit livreur de journaux. Je dois le payer aujourd'hui...

— Attendez, j'ai une idée!

Je me précipite sur le gros paquet de pièces et je remplis mes poches. Ensuite je vais dans le vestibule et je referme la porte derrière moi. J'ouvre la porte d'entrée et je dis au livreur :

— Ah, bonjour! Excuse, nous parlions sur la galerie en arrière... Madame Lumbago te doit combien?

— Ça fait douze dollars et demi!

— Ça ne te dérange pas si je te paye en monnaie? Je viens juste de vendre des bouteilles!

Le livreur n'a pas l'air surpris. Il répond avec plein de sous-entendus dans la voix :

— Curieux, ici on me paye toujours en monnaie !

— Je te l'ai dit... on vend des bouteilles !

— Vous devez boire en ouistiti, parce qu'il paraît que la vieille, elle paye tout ce qu'elle achète avec de la monnaie !

Je ne réplique pas. Je ferme la porte du vestibule et je murmure à Madame Lumbago :

— Voilà, nous sommes découvertes. Tout le monde dans le quartier sait que vous payez toujours avec de la monnaie. Le livreur me l'a dit !

Madame Lumbago ne dit rien. Debout devant le gros paquet de monnaie, elle semble complètement découragée.

En la voyant ainsi, je sens tout mon courage s'évanouir. J'ai des remords gros comme la maison. Je n'aurais pas dû chercher et trouver ce foutu trésor. Je voudrais faire reculer le temps comme dans un film qu'on rembobine. Que l'argent quitte le plancher du corridor et retourne dans le mur, que le plâtre se referme, qu'il n'y ait plus ni trésor ni rien du tout. Je voudrais qu'il ne traîne par terre que de vieilles cennes oubliées pour m'acheter des bonbons et les manger en regardant la télévision, comme avant.

Alors je dis à Madame Lumbago :

— Je sais ce que nous allons acheter avec le trésor. Venez avec moi à la pharmacie !

-7-

À la pharmacie

Je ramasse pour vingt dollars de monnaie. C'est très lourd! Je dois mettre une ceinture à mon pantalon.

Nous verrouillons les portes de la maison et nous descendons les escaliers pour nous rendre à la pharmacie Ducoin.

En arrivant sur le trottoir, j'ai l'impression que tous les passants nous regardent, comme si c'était écrit sur notre figure : NOUS AVONS TROUVÉ UN TRÉSOR...

Madame Lumbago et moi, nous marchons le plus vite possible. La tête baissée, nous

trottinons en regardant nos pieds pour ne parler à personne. Des gens nous croisent et je suis bien contente de ne pas reconnaître leurs chaussures.

J'entends des pas résonner sur le trottoir et j'ai l'horrible impression d'être suivie par des pirates voleurs de trésor. Je me retourne et il n'y a plus personne. Ils sont de plus en plus rapides.

À la pharmacie Ducoin, je me précipite vers le comptoir des gadgets électroniques. Je regarde les calculatrices. J'en vois des grosses, des petites, des noires, des colorées.

La vendeuse, subtilement, me pose des questions très personnelles :

— Voulez-vous une calculatrice à énergie solaire ou à piles rechargeables? Pour les travaux scolaires ou pour faire votre budget? Pour vous-même ou pour offrir en cadeau?

Madame Lumbago et moi, paralysées devant le comptoir, sommes incapables d'ouvrir la bouche. Alors, je prends une grande respiration et je dis très calmement, pour ne pas éveiller de soupçons :

— Nous voulons une calculatrice pour calculer... surtout des chiffres. Un point c'est tout!

Je choisis une belle calculatrice noire avec de gros boutons.

Lorsque je viens pour payer, la vendeuse, voyant le gros paquet de monnaie, s'exclame très fort, pour que tout le monde entende dans la pharmacie :

— Hou la la! C'est un vrai trésor que tu possèdes là, ma petite!

— Oui madame, et il ne me reste plus une cenne, que je

réponds très fort pour que tout le monde entende. J'ai vendu toutes les bouteilles trouvées dans la maison. J'ai aussi brisé mon cochon et il ne me reste plus une cenne! Comprenez-vous ça, plus une cenne!!!

-8-
Le rayon
des miroirs

Avant de retourner à la maison, je marche dans les allées de la pharmacie jusqu'au rayon des miroirs. Je vérifie à gauche et à droite. Personne ne m'espionne. Je prends les miroirs un par un et je me regarde. OUF!... C'est moi que je vois, moi pour vrai avec ma figure d'aujourd'hui. Je veux bien avoir l'air plus vieille que mon âge, mais seulement de quelques mois, pas de cinquante ans.

Madame Lumbago fait la même chose, elle se regarde dans tous les miroirs, mais avec une petite grimace.

J'arrive devant un commis et je lui fais signe de se pencher, comme si je voulais lui dire un secret dans l'oreille. Je lui demande à voix basse :

— Excusez-moi, monsieur le vendeur, avez-vous des miroirs qui vieillissent quand on est jeune et qui rajeunissent quand on est vieille?

Le commis répond en se grattant la tête :

— Si de tels miroirs existaient, ma chère petite, ils vaudraient une véritable fortune et se vendraient très cher. Oui, ma petite fille, très très cher!

-9-

Les champignons
d'argent

De retour chez Madame Lumbago, nous nous enfermons avec la calculatrice et le travail commence pour vrai.

Pour que ce soit plus facile à compter, nous empilons les pièces de vingt-cinq sous pour ériger des petites tours que nous regroupons en paquets de dix dollars. Ensuite, nous plaçons ces tours de dix dollars les unes à côté des autres, en paquets de cent dollars. Ça ressemble à un champ de petits champignons d'argent. Des champignons d'argent alignés sur le plancher tout le long du corridor.

Après trois heures de comptage et de recomptage, nous avons des champignons pour une valeur de mille huit cent soixante-quinze dollars et cinquante sous. Oui madame!

Le comptage terminé, Madame Lumbago se lève parce qu'elle a mal aux genoux et aussi pour chercher des sacs de papier brun.

Pourquoi des sacs de papier brun? Parce que les voleurs ne peuvent pas imaginer qu'un trésor se cache dans de vieux sacs de papier. C'est facile à comprendre. Un voleur qui entre dans une maison cherche un coffre-fort ou un coffre à trésor ou quelque chose de semblable, c'est bien connu, on le voit dans tous les films.

Alors, avec méthode, Madame

Lumbago dépose cent dollars de champignons par sac. Puis elle disperse les dix-huit sacs un peu partout dans la maison. Donc, si un voleur, par hasard, en découvre un, il ne trouve qu'une petite partie du trésor. Il ignore qu'il y a d'autres sacs cachés et tout le monde sait qu'un voleur n'a pas le temps de chercher bien longtemps, il est pressé et il emporte habituellement des objets qui se trouvent à portée de la main, comme une télévision, une radio ou un grille-pain...

En pensant à cela, j'ai une lumière qui s'allume dans ma tête.

-10-

Les appareils électroménagers

Je me lève et me précipite dans la cuisine. Je brasse le grille-pain de tous bords tous côtés et j'entends CLING... CLING... à l'intérieur. J'ouvre la petite trappe sous le grille-pain. À ma grande déception, il ne tombe que de vieux croûtons de pain sec.

Madame Lumbago arrive et me surprend avec le grille-pain dans les mains. En souriant, elle me dit :

— C'est excellent, ma petite Noémie, de faire l'entretien des appareils électroménagers. Tu pourrais épousseter la radio et

aussi la télévision pendant que tu y es!

Je ne prends pas de chance et je me précipite sur la radio. Je la tourne et la retourne dans tous les sens et je peux jurer qu'elle ne cache aucun trésor.

Ensuite, mine de rien, je laisse sortir le chat de la chambre et je joue à la cachette... Je rôde autour de la télévision. Je regarde par les petites fentes, il n'y a pas l'ombre d'un trésor là-dedans.

Je deviens folle ou quoi? J'imagine des trésors cachés partout... Le divan du salon plein d'argent... Le réfrigérateur rempli de pièces de monnaie... Toutes les boîtes de conserve bourrées de perles... et le pire, le pire du pire, c'est de penser que Madame Lumbago pourrait dissimuler une partie du trésor sur elle, de l'argent contenu dans une longue bandelette enroulée autour de sa taille. Elle marche toujours lentement, comme si elle portait un gros poids!!!

Je fais semblant de rien. Je me colle contre Madame Lumbago en la tenant par la taille. Je la chatouille un peu. Non, elle ne cache rien sous sa robe!

En me serrant dans ses bras, elle dit :

— Toutes ces émotions m'ont ouvert l'appétit. Pas toi?

Nous nous rendons à la cuisine pour prendre une petite collation.

Assises l'une à côté de l'autre, nous buvons notre verre de lait sans nous parler.

Puis, comme dans les films, nous jurons sur notre honneur de ne jamais dévoiler le secret du trésor caché :

— Croix de bois, croix de fer, si je mens, je vais en enfer, je le jure!!!

Je mange ma collation. Le soleil plonge dans la cuisine. Le chat ronronne sur le comptoir à côté d'un vieux sac rempli de champignons d'argent et le petit serin siffle dans sa cage. Le sucre à la crème de Madame Lumbago n'a jamais été aussi

délicieux. Je bois mon verre de lait par petites gorgées en félicitant les vaches de faire du si bon lait.

Ce serait le bonheur parfait et total si je ne pensais pas toujours à ce foutu miroir et à tous les autres murs remplis de pièces de monnaie!

-11-
Après
la collation

Après la collation, Madame Lumbago se lève et ouvre une porte d'armoire sous l'évier. Elle en sort une truelle, une boîte de plâtre et un grand bol en plastique. Je ne pose pas de questions, j'imagine déjà tout ce qui va se passer. Normal, je suis beaucoup plus vieille que mon âge.

Moi, pendant ce temps, je ne perds pas une minute. Je prends le gros bottin téléphonique des Pages Jaunes et je regarde dans la rubrique des miroirs.

Là, mes yeux deviennent grands comme des biscuits, je

n'en reviens pas. En haut de la page 661, les deux mots *miroirs* et *monnaie* sont placés l'un à côté de l'autre. Sur la même page, je vois les rubriques MIROIRS-DÉTAILLANTS et MONNAIE-PIÈCES POUR COL-LECTIONNEURS.

C'est extraordinaire, mais je n'en parle pas à Madame Lum-bago. Je referme le bottin télé-phonique et la regarde travailler.

Elle verse la poudre de plâtre dans le grand bol, ajoute l'eau, mélange tout ça comme pour faire un gâteau, mais elle ne le met pas au four, elle badigeonne le mur avec la truelle.

Lorsque le plâtre devient sec, elle le frotte avec du papier de verre.

Puis elle sort un gallon de peinture du cabanon et un pinceau emballé dans un sac de plastique rangé au fond du réfrigérateur. Elle peint le nouveau plâtre, et après quelques minutes, on croirait que ce mur n'a jamais été défoncé, incroyable!

Je félicite Madame Lumbago, qui semble très heureuse du résultat, et je lui dis que j'ai le goût de jouer chez moi, en bas dans ma chambre. J'ai une petite idée derrière la tête...

-12-
Chez moi

J e descends chez moi parce que je sais que je serai seule dans la maison. Mes parents travaillent toute la fin de semaine. Ils sont débordés! On ne se chicane jamais et je peux passer tout mon temps avec Madame Lumbago, la meilleure gardienne du monde... et maintenant la plus riche.

Chez moi, je vérifie si les portes et les fenêtres sont bien verrouillées. Je visite une à une toutes les pièces. Je regarde dans les placards, sous les lits et derrière les divans. Je ne trouve aucun voleur, aucun pirate ou quelque chose d'autre comme des monstres ou des vampires. Je commence à respirer plus calmement.

Je vais chercher une chaise à la cuisine et je la traîne jusque sous la grande toile accrochée au salon. Je monte sur la chaise et je soulève le cadre pour vérifier s'il ne camoufle pas de fente découpée dans le mur. Hé non... Il n'y a rien derrière, à part quelques vieux fils d'araignées.

Je reprends la chaise et je fais le tour de tous les cadres et tableaux suspendus dans la maison. Rien, rien, rien. Je ne vois aucune fente découpée dans les murs.

Me voilà soulagée et bien heureuse de ne pas me retrouver avec deux trésors sur les bras!

-13-
Au téléphone

Cette première vérification faite, je vais chercher un crayon, des feuilles et le gros bottin téléphonique des Pages Jaunes. Je le dépose sur la table de la cuisine à côté du téléphone et je l'ouvre à la page 661. Sans perdre une seconde, je mets mon doigt sur la plus grosse annonce et je compose le numéro.

Ça sonne trois coups et une dame avec une très jolie voix répond :

— Les beaux miroirs, bonjour!

J'hésite un peu, parce que je ne sais pas trop comment

demander ça, puis je me dé-
cide. Je dis :

— Bonjour! Avez-vous déjà
entendu parler de miroirs qui
vous rajeunissent quand vous
êtes vieille et qui vous vieillissent quand...

La dame raccroche d'un coup
sec! Ce n'est pas très poli. Je ne
me laisserai pas faire comme ça.

Je mets mon doigt sur une
autre annonce et je compose le
numéro de téléphone. Après
quelques coups de sonnerie,
une voix répond :

— Allô... Oui?

Sans hésiter, je demande :

— Bonjour, monsieur, vendez-
vous des miroirs qui vieillissent
et qui rajeunissent?

Le monsieur pouffe de rire et
raccroche.

J'en appelle un autre :

— Bonjour, monsieur, je sais

que je ne suis qu'une petite fille, mais j'ai l'air plus vieille que mon âge, vous pouvez me croire, il ne s'agit pas d'une farce. C'est une question de vie ou de mort. J'ai besoin de savoir s'il existe des petits miroirs qui vous vieillissent quand vous êtes jeune et qui vous rajeunissent quand vous êtes vieux. Comprenez-vous la question? Je veux juste que vous me disiez oui ou non, c'est tout!

— NON!

Je téléphone à plusieurs vitreries. On me raccroche au nez, on rit ou on menace d'appeler la police, parce que tout le monde pense que je blague.

Pour avoir l'air plus sérieux, comme dans les films, je pose un linge à vaisselle sur le récepteur et je prends ma grosse voix. J'essaie d'imiter mon père quand il se déguise en père Noël.

Avec ma grosse voix, je téléphone dans les autres vitreries, et
on me traite enfin comme une
adulte. On semble un peu surpris
par ma question puis, après
quelques hésitations, j'entends
toujours la même réponse :

— Non, de tels miroirs
n'existent pas!

Déçue, je bois un verre de lait
et je réfléchis en tournant les
pages du gros bottin jaune.

-14-

Farces et attrapes

Tout à coup, par hasard, je tombe sur la rubrique TRUCS ET ATTRAPES. Je me précipite au téléphone, je suis si énervée que je ne pense même pas à changer ma voix.

Ça sonne un coup, deux coups, trois coups, et soudain mon sang se glace dans mes veines. Une voix, comme celle d'une sorcière qui sort de sa tombe, répond :

— HIEN... HIEN... HIEN... bienvenue chez Attrape-Nigaud, le spécialiste des farces et attrapes... vous écoutez un message enregistré dans une tombe... toutes nos lignes sont présentement mortes... veuillez laisser un court message... un mort vivant vous rappellera bientôt... bip... bip... clic.

Je reste figée au téléphone. J'avale ma salive et je dis :

— Je... heu... m'appelle Noémie... et... je voudrais savoir... si vous vendez des miroirs déformants...

Je donne mon numéro de téléphone et je raccroche. Une sueur froide me coule dans le dos. J'attends qu'un mort vivant me rappelle.

... Tout à coup, je sursaute! Le téléphone sonne. J'avance la main en tremblant vers le récepteur, je décroche et je dis :

— Oui allô?...

Au bout du fil, j'entends la voix de Madame Lumbago, qui me demande de monter chez elle parce que le souper est servi, il est même dans l'assiette.

Quelques minutes plus tard, le téléphone sonne encore. Je réponds, et la voix très douce d'un monsieur ordinaire demande à parler à Noémie.

— Heu... Oui, monsieur, c'est moi. Est-ce que vous êtes un vrai mort vivant comme on voit dans les films?

— Oui, ma petite fille, mais moi je suis plus vivant que mort. Ah! Ah! Ah! Qu'est-ce que je peux faire pour toi avant de mourir? Eh! Eh! Eh!

— Je... Je... Je voudrais savoir si vous vendez des miroirs déformants qui vieillissent les jeunes et qui rajeunissent les vieux.

— Non... nous n'avons aucun miroir qui rajeunit ou qui vieillit. Ça n'existe pas. En tout cas, il n'y a rien de semblable dans mon catalogue... Par contre, ce mois-ci nous offrons un spécial «Outre-Tombe». Si ça peut t'intéresser...

— Non, ça ne m'intéresse pas vraiment... Merci quand même!

Après avoir raccroché, je reste assise quelques minutes devant le gros bottin jaune. Je me sens toute petite, toute seule et je me retiens pour ne pas verser quelques larmes.

Ensuite je replace le téléphone et le bottin sur la table. Comme dans les films, j'enlève toutes mes empreintes en essuyant le récepteur avec le linge à vaisselle. J'efface toutes les traces de mon passage.

Mine de rien, je monte chez Madame Lumbago avec des nœuds dans l'estomac.

-15-
La discussion

Madame Lumbago a préparé une bonne lasagne. Je ne mange pas beaucoup, complètement perdue dans mes pensées. Elle me demande :

— Qu'est-ce qui se passe, Noémie? Tu n'as pas faim?

— Non, pas tellement...

— Qu'est-ce que tu as?

— Je n'ai rien, je réfléchis!

— À quoi?

— À défoncer tous les murs de la maison!

— Mon Dieu Seigneur! Noémie, tu n'es pas sérieuse?

— OUI!

— Il n'en est pas question. C'est beaucoup trop compliqué.

— Il n'y a rien de compliqué là-dedans! Nous n'avons qu'à ouvrir les murs par petits bouts, tranquillement, sans nous énerver.

— Ça m'énerve, juste d'y penser!

— Écoutez, madame Lumbago. J'ai beaucoup réfléchi à la question. Il faut ouvrir les murs pour plusieurs raisons. Il me semble que c'est facile à comprendre. Premièrement, imaginez ce qui arriverait si la maison brûlait! Les murs et les planchers disparaîtraient. Toutes les pièces de monnaie tomberaient et deviendraient la proie des voleurs. Vous n'auriez plus d'argent! Deuxièmement, je crois qu'il y a d'autres choses cachées dans les murs. Si nous

découvrons d'autres indices, nous trouverons peut-être la clé de l'énigme du miroir! Et troisièmement, avez-vous songé à ce qui arriverait si vous tombiez malade ou même pire, si vous... tombiez morte... et si quelqu'un d'autre, par hasard, trouvait votre trésor?

Madame Lumbago me regarde et ne sait pas quoi répondre. Après plusieurs minutes de réflexion, elle demande :

— Et qu'allons-nous faire avec tout cet argent?

— Je ne sais pas, moi, vous pourriez vous acheter des crèmes glacées, des bonbons et tout ce que vous voudrez! Des robes, des chapeaux, des foulards, des télévisions, des radios. Vous n'avez qu'à chercher dans le gros bottin jaune. Il y a tout plein de gens qui peuvent vous aider à

dépenser votre argent!

Madame Lumbago essaie de changer de sujet. Elle me demande si je veux du dessert. Elle parle de n'importe quoi. Moi, je ne me laisse pas faire. Je parle toujours du trésor et du miroir, mais elle ne veut pas changer d'idée.

À la fin du souper, je m'assois sur ses genoux. Je l'embrasse sur les deux joues et je lui murmure à l'oreille :

— Vous êtes la meilleure Madame Lumbago du monde, même si vous avez la tête dure!

— Et toi, tu es la meilleure Noémie du monde, ma petite tannante!

-16-
Le voleur

Après souper, je regarde la télévision, prends mon bain, enfile mon pyjama et me couche dans le lit de Madame Lumbago.

Elle me garde souvent le soir parce que mes parents sont débordés. Ils rentrent tard et c'est parfait comme ça! Je couche avec Madame Lumbago dans son grand lit et je dors comme un ange.

Pourtant, cette nuit, le silence me réveille en sursaut. J'ouvre un œil et je regarde autour. Madame Lumbago dort paisiblement près de moi. Un reflet de lumière qui entre par la fenêtre éclaire son vieux visage.

Ça me fait tout drôle de la voir ainsi. Elle ressemble à un gros bateau couché sur le côté. Une petite mèche de cheveux se balance lentement devant son nez.

Tout est calme dans la maison... trop calme, comme dans les films, juste avant l'attaque des méchants. C'est un silence louche. Un silence de mort. Madame Lumbago ne se doute de rien. Moi, je sais qu'il se prépare quelque chose de grave... La nuit, les voleurs, les assassins et les fantômes sortent de leur repaire et commettent leurs mauvais coups. On le voit dans tous les films, je ne peux pas me tromper! Il règne dans la maison une atmosphère pas ordinaire alors...

Sans faire de bruit, j'étire mon bras vers la petite table de nuit et je m'empare d'une statue de saint Joseph, le père de Jésus. Le saint Joseph est en métal très dur. Je le serre contre moi et je me blottis dans les bras de Madame Lumbago. Si un voleur entre par la fenêtre, je l'assomme d'un coup sec. Ensuite, je... je débranche la lampe et j'attache le voleur avec le fil électrique. Ensuite, je le bâillonne avec la ceinture de ma robe de chambre. Ensuite, je le roule dans des couvertures comme un saucisson puis j'appelle la police. Je savais le numéro de téléphone par cœur mais là, je suis trop énervée. Je ne m'en souviens plus!

Mon cœur cogne dans le silence. J'entends un bruit, un petit craquement qui semble venir de l'escalier.

Un voleur monte lentement. Les marches craquent. Sans doute un géant tout habillé de noir, un masque sur la figure, armé jusqu'au cou avec des couteaux, des pistolets, des mitraillettes, des bazookas.

Je l'entends rôder en silence sur la galerie. Un vrai voleur, un professionnel, comme ils disent dans les films. Quelqu'un qui s'empare de ton trésor et qui disparaît dans la nuit sans laisser ni trace ni empreinte. Un fantôme!

Madame Lumbago se retourne. Le lit craque comme les souliers du voleur. Le moindre petit bruit résonne comme un coup de tonnerre!

Soudain, une lueur traverse la fenêtre. Le voleur vient d'allumer sa lampe de poche! Une

automobile passe lentement dans la rue. Sûrement son complice. Je vois le reflet des phares qui se promène sur les murs et qui dessine des ombres effrayantes. J'entends mes dents claquer. Madame Lumbago dort à poings fermés, même si...

Quelqu'un rampe sur la galerie. Une ombre passe à quatre pattes devant la fenêtre et vient se coller contre la vitre. Le voleur essaie d'ouvrir la fenêtre. J'entends son souffle rauque. Je mets ma main sur ma bouche pour ne pas crier. Et...

Il tente d'ouvrir la fenêtre. Heureusement, nous les avons toutes fermées et verrouillées à double tour! Toutes, sauf la petite fenêtre de la salle de bain!

J'entends le voleur redescendre l'escalier d'en avant. Je

me glisse hors du lit et je marche à pas de loup vers la salle de bain.

Je pousse lentement la porte qui grince. Personne ne se cache derrière. Tout à coup, quelque chose se précipite sur moi. Pour l'éviter, je me penche et me cogne la tête contre le lavabo. Je vois des étoiles. Le chat miaule dans le corridor et se sauve vers la cuisine.

J'entends le voleur qui approche, qui fait craquer les marches d'en arrière. Je monte sur le bain et j'essaie de fermer la fenêtre. Non, ce n'est pas vrai! Elle est coincée! Le voleur monte, monte! Bientôt nous serons face à face. Je ne suis même pas armée. Alors...

En priant le bon Dieu de Madame Lumbago et tous les autres bons dieux du monde, je m'accroche et me suspends à la fenêtre. Elle résiste un moment, cède sous mon poids et se referme d'un coup sec! Bang! Je perds l'équilibre et dégringole dans le bain. En criant, je m'agrippe au rideau de la douche, qui se décroche et se déchire. Je me cogne encore la tête sur le robinet.

Madame Lumbago accourt avec un rouleau à pâtisserie dans la main.

— Mais que se passe-t-il ? Mon Dieu Seigneur! Que se passe-t-il?

— J'ai été attaquée par un voleur! Un vrai voleur tout habillé avec un habit de voleur, un manteau de voleur, des pantalons et des bottes de voleur! Il portait un masque épouvantable sur le visage, des mitraillettes en bandoulière. Il

m'a sauté dessus! Je n'ai pas eu le temps de le voir!...

— Mon Dieu Seigneur! gémit Madame Lumbago. En voilà une histoire...

Elle m'aide à sortir du bain. J'ai mal partout, à la tête, aux bras, aux jambes, au dos. Je suis pleine de contusions et j'ai deux prunes sur le front.

Pendant qu'elle me soigne, je lui demande ce qu'elle fabrique avec son rouleau à pâtisserie en plein milieu de la nuit.

— ... Je... c'est de ta faute aussi; au souper, tu m'as fait peur avec tes histoires de voleurs. J'ai caché mon rouleau sous le matelas. Au cas où...

-17-

Le téléphone

Madame Lumbago et moi, nous retournons nous coucher. À peine rendues dans la chambre, nous sursautons! Le téléphone sonne...

Nous nous regardons, la bouche grande ouverte, les cheveux dressés sur la tête.

— Qui peut appeler à cette heure? demande Madame Lumbago en me serrant la main.

— C'est peut-être un faux numéro!

— On ne fait pas de faux numéro à quatre heures du matin, voyons donc! Ce n'est pas humain!!!

Nous ne bougeons plus, paralysées par la peur! La sonnerie du téléphone hurle comme un loup dans la nuit, elle nous glace le sang. C'est épouvantable, j'ai des frissons dans le dos.

— Alors, c'est sûrement un voleur. Oui! Un voleur qui téléphone pour savoir s'il y a quelqu'un dans la maison! Vite, il faut répondre! Dites n'importe quoi, prenez une grosse voix!

Madame Lumbago se précipite, mais la sonnerie se tait avant qu'elle n'arrive à l'appareil... Nous restons quelques instants comme suspendues dans le silence de la nuit.

-18-
Le visiteur

Madame Lumbago finit par bredouiller :

— Bon, encore des histoires tout ça! Allons nous coucher...

Sous les couvertures, nous nous blottissons l'une contre l'autre. À voix basse, je lui demande :

— Avez-vous votre rouleau à pâtisserie?

— Oui, ne t'inquiète pas...

— En auriez-vous un autre pour moi?

Elle n'a même pas le temps de répondre. Le plancher tremble. Quelqu'un monte les marches de l'escalier. Son ombre passe devant la fenêtre. Il porte un grand manteau ceinturé à la taille.

Celui-là est un vrai professionnel. Nous entendons un trousseau de clés... Cling... Cling...

— Qu'est-ce qu'il fabrique? chuchote Madame Lumbago.

— Chut! Il cherche son passe-partout pour ouvrir la porte!

Madame Lumbago et moi sommes pétrifiées dans le lit.

Nous entendons une clé qui entre et qui tourne dans la serrure. La porte grince dans le silence. Je n'ai jamais eu si peur de toute ma vie!

Je claque des dents. Madame Lumbago aussi. Elle se cache sous les couvertures.

Le voleur pénètre dans le vestibule sans aucun bruit. Je

l'entends respirer... il ne bouge plus. Je crois qu'il écoute... il attend pour voir si quelqu'un réagit dans la maison... Il ouvre lentement l'autre porte. Je vois la forme de son bras... J'ai envie de faire pipi dans mon pyjama! Je voudrais crier, mais j'en suis incapable. Paralysée, je ne peux même plus respirer.

Le voleur se glisse dans le corridor. Le plancher craque comme s'il marchait sur des biscuits secs. Il apparaît soudain dans l'ouverture de la chambre. Sa silhouette se découpe sur le mur.

J'ai la bouche grande ouverte. Tout à coup, un cri épouvantable sort de ma gorge :

— AU SECOURS! À L'AIDE! PITIÉ! POLICE! POLICE!

Le voleur reste figé sur place! J'entends :

— Noémie? Madame Lumbago? C'est moi! Ça va?

Je reconnais la voix de mon père. Je bondis hors du lit et je lui saute dans les bras. Il est tellement surpris qu'il n'a pas le temps de m'attraper. En reculant, il met le pied sur la roue de ma bicyclette et nous tombons à la renverse dans le corridor.

En atterrissant, je me cogne la tête sur le plancher, et ça me fait une prune de plus. Mon père se relève et donne un coup de pied sur la bicyclette. En me prenant dans ses bras, il demande :

— Et Madame Lumbago, où est Madame Lumbago?

— Ici, je suis ici, dit-elle en sortant la tête des couvertures. Mon Dieu Seigneur! que j'ai eu peur! On n'entre pas chez les gens à quatre heures du matin sans avertir!

— C'est moi qui ai eu peur, répond mon père. Je dormais en bas et j'ai entendu un gros bruit suivi d'un cri épouvantable. Je me suis demandé ce qui se passait en haut. J'ai téléphoné... Personne n'a répondu. Alors je suis monté pour vérifier...

— Tout va bien maintenant, tout va bien, répète Madame Lumbago pour se convaincre elle-même. J'ai bien cru que ma dernière heure avait sonné!

— Bon, tant mieux si tout va bien! reprend mon père. Je retourne me coucher. Je travaille de bonne heure demain matin... Noémie, je t'ai répété mille fois que tu dois laisser ta bicyclette en bas... Je la redescends. Veux-tu venir te coucher dans ta chambre?

— Je... heu... non... je vais dormir ici... Madame Lumbago a besoin de moi... Bonne nuit, papa!

— Bonne nuit, ma chérie!

-19-
Les extratèrrestres

Madame Lumbago et moi n'avons même pas le temps de nous recoucher que nous sommes attaquées par un faisceau de lumière. Toute la chambre s'illumine, traversée par un feu qui court sur les murs. La lumière tourne et tourne comme une tornade rouge de sang.

— Mon Dieu Seigneur! qu'est-ce qui se passe encore? gémit Madame Lumbago.

Moi, je sais ce qui se passe! Nous voilà attaquées par des extraterrestres! Je connais ça!

Madame Lumbago et moi devenons comme des statues

figées dans leur mouvement. Nos ombres rouges tournent autour de nous à une vitesse folle. Je dis :

— Adieu, madame Lumbago. Je ne vous oublierai jamais!

— Ne dis pas ça, Noémie! Tu vas me faire mourir!

Soudain, le sang se glace dans mes veines. Une effroyable sirène retentit à l'extérieur. Madame Lumbago court se cacher dans la garde-robe. Moi, je me précipite vers la fenêtre pour voir la soucoupe volante et les extraterrestres!

Ma tête cogne contre la vitre. Une prune de plus! Je regarde dehors et, au lieu d'apercevoir un vaisseau spatial avec toutes ses lumières, je vois... non, incroyable... je me frotte les yeux pour être bien certaine... mon père couché à plat ventre sur le capot d'une voiture de patrouille, les deux mains dans le dos. Un immense policier lui passe des menottes aux poignets. Pendant ce temps, un autre policier regarde ma bicyclette qui traîne sur le trottoir.

Je comprends tout. J'enfile ma robe de chambre en vitesse et, avant même que Madame Lumbago ait le temps de poser une question, je sors sur la galerie en criant :

— ARRÊTEZ! C'EST MON PÈRE! C'EST MON PÈRE!

Je descends tellement vite les escaliers que je vole par-dessus les marches et bing bang! je déboule jusque sur le trottoir. Je me fais une dizaine de bleus!

Le policier géant me relève et je lui explique pour qu'il comprenne bien :

— Monsieur la police, vous

faites une grave erreur judiciaire! Vous arrêtez le mauvais coupable. Le vrai voleur voulait entrer par la fenêtre de la salle de bain. Mais je l'ai refermée juste à temps! Comprenez-vous? Lui, c'est mon père, je vous jure! La preuve, c'est qu'on se ressemble! Regardez! Vous voyez bien, à part les yeux, le menton et les genoux. Il descendait ma bicyclette parce qu'on s'est enfargés dedans en tombant dans le corridor chez ma gardienne où je dormais et il la rapportait en bas parce que ça fait mille fois qu'il me répète de ne pas la monter en haut. Comprenez-vous?

— Pas vraiment! dit le policier.

— Attendez! Attendez, crie Madame Lumbago, qui arrive en trottinant, je vais tout vous expliquer! Moi, je suis la gardienne.

Elle, c'est Noémie, et lui, c'est son père et ça, c'est la bicyclette de Noémie et son père est venu en haut pour vérifier si tout allait bien et il s'est enfargé dans la bicyclette lorsque Noémie lui a sauté dans les bras et...

— Et pourquoi la petite est toute boursouflée et pleine de bleus? demande le policier. As-tu été battue, ma petite? Des voisins ont entendu des bruits et des cris et ils ont appelé au poste.

— Mais non, vous faites erreur. Madame Lumbago est la meilleure gardienne du monde et mon père, il est le meilleur papa du monde même s'il est débordé!

— Je vous l'avais dit, réplique mon père, je ne suis pas un voleur de bicyclettes! Pourriez-vous s'il vous plaît m'enlever ces foutues menottes et éteindre les gyrophares avant d'ameuter tout le quartier.

Déjà les voisins d'en face nous épient par leurs fenêtres. Il y en a quelques-uns en robe de chambre sur leur galerie.

Madame Lumbago serre la main des policiers en disant :

— En tout cas, merci, on se sent en sécurité avec vous! Puis-je vous offrir du sucre à la crème...

Les deux policiers se regardent avec un drôle d'air. Ils se retiennent pour ne pas rire... Le plus grand des deux libère mon père en disant :

— La prochaine fois, ne vous promenez pas avec une bicyclette en pleine nuit!

Les deux géants retournent à la voiture de patrouille. Ils claquent les portières, éteignent les gyrophares et nous laissent tout seuls sur le trottoir.

— Quelle nuit de fou! soupire mon père.

— En effet! répond Madame Lumbago.

Moi, je suis trop fatiguée pour répliquer. Je ne dis pas un mot et je vais me recoucher dans mon lit.

-20-
L'énigme

Depuis que j'ai trouvé le miroir déformant, Madame Lumbago n'arrête pas de se regarder dedans. Elle le laisse toujours dans sa poche, elle se peigne et devient coquette comme tout, je ne l'ai jamais vue comme ça.

Le miroir, elle peut bien le garder, je m'en fous complètement. Moi, ce qui me préoccupe, c'est l'énigme. Je l'ai recopiée dans tous mes cahiers. Je passe des heures à essayer de la décoder. J'ai beau remplacer les lettres par des chiffres, changer l'ordre des lettres, essayer de faire des mots en mélangeant toutes les lettres, ça ne donne jamais rien d'intéressant.

Moi qui croyais être forte en vocabulaire, je pense bien que je ne réussirai jamais. Soudain, il me vient une idée.

À la récréation, je vais à la bibliothèque de l'école et je m'approche de Raymond Gendron, le petit génie de sixième année, toujours assis à la même place, à dévorer un livre ou une encyclopédie.

Avec mon plus beau sourire, je dis :

— Bonjour, Raymond Gendron, j'ai inventé une énigme et je suis certaine que même toi, tu ne pourras jamais la trouver.

— Tu as raison, répond-il, sans quitter son livre des yeux, les énigmes, ça ne me passionne pas... Surtout une énigme faite par un petit boutte de deuxième année.

J'avais prévu sa réaction. Mine de rien, je laisse une copie de l'énigme sur la table devant lui.

Je quitte la bibliothèque en jetant un coup d'œil derrière moi. Je vois Raymond Gendron, les yeux toujours rivés sur son livre, qui se penche pour prendre ma feuille. Il la plie et la met dans sa poche.

Ma tactique a fonctionné à cent pour cent!

-21-
Le jeu des énigmes

J'ai demandé à mon professeur, Mademoiselle Lamothe, de jouer aux énigmes pendant la classe. Elle trouve l'idée excellente! Chacun doit inventer et écrire une énigme au tableau, et toute la classe doit découvrir la solution.

C'est un jeu très amusant. Nous avons résolu toutes les énigmes sauf la mienne.

Lorsqu'elle me demande de donner la clé de mon énigme, j'éclate en sanglots en répétant :

— Je ne sais pas, je ne sais pas...

Debout devant toute la classe,

je deviens rouge comme une tomate. Mes genoux ramollissent et... je deviens molle comme de la guenille!

Je me retrouve étendue à l'infirmerie de l'école avec une éponge froide sur le front... L'infirmière dit à quelqu'un :

— Elle fait beaucoup de fièvre la petite, il faudrait appeler ses parents.

-22-
La fièvre

J e ne comprends plus ce qui se passe. Je me sens toute chaude et froide en même temps. De grands frissons me parcourent le corps.

Madame Lumbago arrive tout essoufflée, suivie de ma mère qui met sa main sur mon front. Elle me prend dans ses bras. Ça sent le bon parfum. Elle m'emporte à l'auto en demandant à Madame Lumbago :

— Ce soir, pouvez-vous encore garder Noémie? J'ai une réunion que je ne peux pas annuler.

— Avec plaisir, nous allons l'installer tout de suite dans ma chambre. Elle doit être fatiguée, nous n'avons presque pas dormi la nuit dernière...

Elles me couchent dans le grand lit de Madame Lumbago. Ma mère caresse mes cheveux, et ça me donne l'idée de tomber malade plus souvent. Elle me tend deux petites pilules et un grand verre d'eau.

— Tiens, prends ça, ma belle petite fille d'amour! Ça va te faire du bien.

J'avale les pilules qui ne goûtent rien et puis hop! je m'endors comme par magie.

Lorsque je m'éveille, Madame Lumbago ronfle près de moi. Elle passe son bras autour de ma taille en murmurant quelque chose que je ne comprends pas.

Je regarde le réveil. Il marque trois heures du matin. J'ai vraiment beaucoup dormi... Le

temps se sauve au galop... Trois
heures une minute... deux
minutes... trois minutes.

Tout à coup Madame Lum-
bago se retourne dans le lit. Elle
relève la tête pour voir si je
dors. Je ferme les yeux et je fais
semblant de rien. Le lit craque,
elle se lève, enfile ses pantoufles
et sort de la chambre. Après

quelques instants, je l'entends bardasser dans la cuisine.

Je me lève. Sur la pointe des pieds, j'avance lentement dans le corridor et qu'est-ce que je vois? Madame Lumbago, assise à la table de cuisine, qui se regarde dans le miroir et qui parle tout bas. Ses lèvres murmurent des mots que je ne comprends pas. Le nom de son mari revient souvent. ÉMILE, son cher Émile... Tout à coup elle se redresse, ouvre un tiroir et en sort une lampe de poche.

-23-

La trappe

E nsuite elle se dirige vers le salon. Je me cache derrière la porte de la chambre, elle passe à côté sans me voir.

Rendue au salon, elle se berce quelques minutes dans la chaise de son mari, la chaise où il a passé toute sa vie. Le tapis est usé en dessous.

Soudain, Madame Lumbago se lève, tire la chaise berçante et relève le tapis. Moi, derrière la porte, je ne respire plus!

Madame Lumbago se penche. À quatre pattes sur le plancher, elle semble chercher quelque chose.

Puis elle soulève une planche. Il y a une trappe dans le plancher! Je n'en reviens pas! Je mets ma main devant ma bouche pour ne pas crier.

Je vois Madame Lumbago qui fouille dans le plancher... Elle en tire des feuilles de papier.

Je n'en peux plus, je sors de ma cachette en disant :

— J'ai envie de faire pipi!

Madame Lumbago reste figée sur place.

Je m'approche et je regarde dans la trappe. Il y a une petite boîte de carton remplie de vieux papiers couverts de chiffres et de signes bizarres. Je demande à Madame Lumbago :

— C'est quoi tout ça, est-ce que je rêve ou quoi?

Sans dire un mot, elle me prend par la main et m'entraîne vers la cuisine. Elle allume la

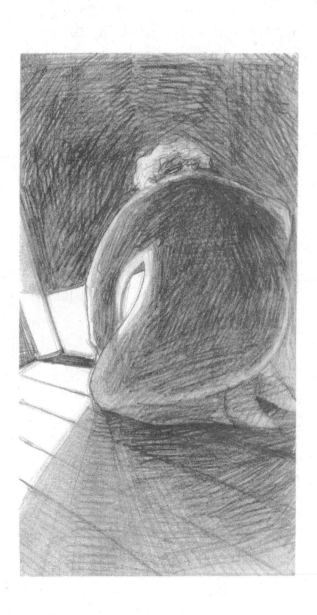

lampe au-dessus de la table et ça me fait comme un éclair dans les yeux.

Madame Lumbago s'assoit en face de moi et me chuchote :

— Ça, ma petite Noémie, je ne sais même pas ce que c'est. Je viens de me souvenir qu'il y a très longtemps, Émile avait caché cette petite boîte dans le plancher et je voulais savoir ce qu'elle contenait. C'est tout !

-24-
La trappe

Madame Lumbago et moi, nous fouillons dans la vieille boîte de carton. Il y a une pile de papiers avec tout plein de chiffres et de signes bizarres dessinés dans les marges.

Tout à coup, sur une feuille, nous apercevons des lettres. De grosses lettres écrites par Monsieur Lumbago. Les mêmes lettres que sur l'envers du miroir trouvé dans le mur :

CÉ AS OJT E URE - L DN LBE D GER

OVE 2 EI 1 CFR - UR 1 PTT 2 OFE

PR OS HFRS DIINÉ - A TU CIFE ADTONS

À A RCE ASE - L POH CIS

En dessous et dans les marges, on voit que Monsieur Lumbago a griffonné toute une série de mots et de phrases, et ça continue comme ça sur plusieurs pages. Tout à coup, mon cœur bondit dans ma poitrine.

Sur une feuille pliée en deux, entouré au crayon rouge, on peut lire :

La clé de l'énigme :

Il faut prendre la première lettre au début de la première ligne, suivie par la première lettre après le tiret. Ensuite la deuxième lettre de la ligne suivie par la deuxième lettre après le tiret et ainsi de suite pour chacune des lignes...

Nous ne saisissons rien à ce charabia. Madame Lumbago dit en bâillant :

— Il est trois heures du matin, je suis trop fatiguée pour comprendre, on verra tout ça demain... N'y pense plus, viens dormir.

Dormir, dormir... Facile à dire. J'ai beau me coller contre Madame Lumbago, lui demander qu'elle me chante une berceuse, il n'y a rien à faire.

Madame Lumbago s'endort. Moi, je ne peux pas, je suis trop énervée.

En prenant mille précautions pour ne pas la réveiller, je me glisse hors du lit et je me rends à la cuisine sur la pointe des pieds. Là, j'allume la petite lumière au-dessus du poêle.

Je relis la clé de l'énigme que Monsieur Lumbago avait écrite. Je prends la première lettre de la première ligne suivie par la première lettre après le tiret et ça donne CL... Ensuite je prends la deuxième lettre de la ligne suivie par la deuxième lettre après le tiret et ça donne CLÉ D... Ensuite, la troisième lettre de la ligne suivie par la troisième lettre après le tiret et ça donne DAN... Et là, mon cœur s'emballe dans ma poitrine. Je prends la quatrième lettre suivie par la quatrième lettre après le tiret, la cinquième lettre suivie par la cinquième après le tiret, et la sixième, et la septième, et ça donne CLÉ DANS LOBJET... Et je continue avec toute la ligne et ça donne : CLÉ DANS LOBJET DE GUERRE.

Je fais la même chose avec la deuxième ligne pour obtenir : OUVRE PETIT COFFRE.

Même si je suis complètement épuisée et que les yeux me piquent, je continue avec la

troisième ligne : PAR TOUS
CHIFFRES ADDITIONNÉS.

La quatrième ligne se lit
comme ceci : À LA PROCHE
CAISSE.

Je retranscris les quatre lignes
une en dessous de l'autre :

CLÉ DANS L'OBJET DE GUERRE

OUVRE PETIT COFFRE

PAR TOUS CHIFFRES ADDITIONNÉS

À LA PROCHE CAISSE

Avec les chiffres 2, 1, 1, 2 intercalés dans la deuxième ligne...

Je relis dix fois, vingt fois, cent fois ces quatre petites lignes. Je ne comprends plus rien. Je reste figée devant ma feuille. Mon cerveau s'éteint. J'appuie ma tête sur mes coudes et je m'endors en me disant que demain j'y verrai peut-être plus clair...

Suite dans :
LA CLÉ DE L'ÉNIGME